"이 책을 펼친 당신의 삶이
꽃처럼 활짝 피어나기를"

_____ 님에게

# 꽃길이 따로 있나, 내 삶이 꽃인 것을

오평선 지음

포레스트북스

# 살아온 날들을 거울삼아
# 살아갈 날들의 방향을 정한다

겨울을 이겨낸 매화와 산수유꽃이 한참 피던 봄, 만물이 활력을 되찾고 축제를 시작할 때 나는 삶의 끝에 서게 되었다. 중환자실, 대부분 의식이 없는 환자들 속에 정신만은 멀쩡한 내가 있었다.

딸의 결혼도 순조롭게 진행되었고, 출간한 책의 반응도 기대 이상이었다. 아주 오랜만에 아내와 유럽 여행을 떠나기로 결정도 했다. 가족들도 무탈하니 걱정거리가 없었다. 하지만 이상하게도 한편으로는 불안했다. 반평생 넘게 살아보니 매번 좋은 일만 있지는 않다는 것을 잘 알기 때문이다. 맑은 하늘 뒤에 먹구름도 오고 태풍도 온다는 것을 살면서 경험해봤기에 행복을 온전하게 누리지는 못했다.

그러던 어느 날, 밭에서 일을 하는데 갑자기 가슴이 조여오고 식은땀이 나더니 압박이 점점 심해졌다. 이러다 죽겠다는 생각이 들어, 급하게 아내에게 전화를 해 119를 불러달라고 말했다. 짧은 순간 가족들 얼굴이 떠오르며 이렇게 헤어지는 건가 하는 생각이 들었다. 구급차를 타고 인근 종합병원에 와서 각종 검사를 받았다. 급성 심근경색이었다. 바로 스텐트삽입술로 처치했다. 조금만 늦었어도 생명이 위험했다고 한다. 그렇게 중환자실에 입원을 했다.

중환자실에 있으며 수많은 생각을 했다. 죽음의 문 앞에 서보니 정말 소중한 것이 무엇인지 선명해졌다. 가족들과 더 행복하게 사랑하며 살 것을, 좋아하는 여행을 더 많이 하며 더 보고 느끼며 살 것을, 남겨진 가족이 덜 혼란스럽게 정리를 해둘 것을……. 살면서 죽기 살기로 쫓았던 것들은 내 머리에 들어올 틈이 없었다.

다행히 건강이 호전되어 나는 새로운 봄을 다시 맞이했다. 그리고 죽음이란 내 주변에서 맴돌다 언제든 나타날 수도 있다는 것을 자연스럽게 받아들이게 되었다. 그리고 죽음 앞에서 더욱 소중하게 느껴졌던 것들을 되돌아보며 내게 주어진 모든 것에 감사하는 마음이 생겼다. 그러다 보니 내가 얼마나 행복한 사람인지 알게 되었다.

그리고 나에게 소중한 것을 만끽하는 시간을 더욱 늘리기로 했다. 가족들과 함께하는 시간을 더 만들고 즐긴다. 시간과 돈이라는 핑계로 미뤘던 여행도 아내와 손을 잡고 주기적으로 다니고 있다.

그러면서 죽음이라는 삶의 끝도 아쉬움 없도록 차근차근 준비하기 시작했다. 누군가를 위해 남길 것이 없나 찾다 아내와 함께 장기, 인체 조직 등 기증희망서약을 했다. 연명치료 거부 신청과 아내와 함께 잠들 수목장도 알아보고 있다.

죽음의 순간은 언젠가 꼭 온다. 그때가 오더라도 미소를 지으며 떠날 수 있도록 내게 주어진 삶을 소중히 여기며 살자. 어떻게 죽을 것인지 생각하면 지금 어떻게 살 것인지 알게 된다. 진정 소중한 것들, 내가 남기고 싶은 것들이 무엇인지 좀 더 일찍 깨달았더라면 좋았겠지만 지금이라도 늦지 않았다.

아무리 높은 산을 올라도 언젠가는 내려가야 한다. 우리의 삶도 마찬가지다. 인생은 끝없는 오르막길 같지만 언젠가는 내리막길을 내려와 여정을 마무리해야 할 때가 반드시 온다. 지금껏 살면서 나는 여정의 끝, 즉 죽음에 대해 가깝게 생각해보지 않았다. 나는 언제까지나 고개 들고 앞만 보며 산을 오를 것으로 생각했다.

후회 없는 삶은 불가능한 것 같다. 나 역시 후회할 일이 많다. 다만 그 후회를 지혜롭게 이용하려 노력하고 있다. 살아온 날들을 거울 삼아 살아갈 날들의 방향을 잡는 것이다. 삶의 지혜는 일반적으로 경험 속에 얻어지므로 후회스러운 경험이 살아갈 날에 지혜를 선물하기도 한다.

이 책이 누군가의 계기가 되기를 바란다. 숨이 가쁠 땐 쉬어갈 쉼터가 되고, 다시 시작할 용기를 주고, 지난 세월을 다독이는 위로가 되었으면 좋겠다. 무엇보다 자신에게 진정 소중한 것이 무엇인지 깨닫는 시간이 되기를 간절한 마음으로 바란다.

오평선

# 차례

1장

# 인생을 숙제처럼 살지 마라

## 2장

설레는 이에게는 모든 날이 봄이다

## 4장

# 사람과 사랑 사이의 일이
# 가장 어렵다

# 인생을
# 숙제처럼 살지 마라

## 한 걸음 늦게 간다고 달라지기엔
## 쌓아온 삶이 두텁다

생애 첫 유럽 여행을 떠났다.
이것저것 따졌다면 생각만 하다가
기약 없이 미루기만 했을 것이다.

자식들 결혼도 시켜야 하는데,
이렇게 돈 쓰면 안 되는데,
한창 이런저런 일로 바쁠 때인데,
한가하게 여행을 갈 때가 아닌데 하며
떠나서는 안 될 이유만 더했을 것이다.

휴식이 어색하고 불안한 사람이 많다.
늘 그렇게 살아왔기에
주변에서 다 그렇게 살기에
휴식 없는 삶을 당연한 것처럼 생각한다.

하지만 막상 떠나고 나니

여유를 좀 부린다고 해서

별다를 것이 없다는 것을 알았다.


한 걸음 좀 늦게 간다고 해서 달라지기엔

겹겹이 쌓아온 삶이 꽤 두텁다.


그러니 겁먹지 말고 가끔은 벗어나자.

어떤 이유도 찾지 말고 떠나 보자.

# 거리의 꽃들을 바라보니
# 마음에 재산이 쌓인다

봄꽃이 만발한 거리는

마치 봄꽃 뷔페를 차려 놓은 것 같다.

주변을 둘러봐도 가격표는 없으니 공짜다.


오감을 동원해 길가에 차려진 만찬을 즐긴다.

내가 바라보는 꽃잎 하나하나가

마음속 통장에 쌓이는 재산 같다.


우리는 사적 재산과 공공 재산이

공존하는 세상에 산다.

사적 재산은 내 뜻대로 쉽게 얻을 수 없지만

공공 재산은 내가 마음먹고 누리면 전부 내 재산이다.

특히 자연은 만인이 누릴 수 있는 재산 아닌가.

꽃 지붕 아래를 걸으며 이런 생각을 하니
갑자기 굉장한 부자가 된 느낌이다.

주변에 널린 재산을 누리기만 하면
누구나 부자가 될 수 있다.
하지만 사람들 눈엔 그 재산이
잘 보이지 않는 모양이다.

밤하늘의 별을 따려고 손을 뻗는 사람은
자기 발아래 꽃을 잊어버린다.

– 제러미 벤담

클로드 모네, 「베퇴유의 예술가 정원」

# 사치스럽게
# 여유를 부려도 좋은 날

화창한 봄날,
자전거를 타고 한 시간 거리에 있는 한강까지
쉼없이 달려보자 생각하고 집을 나섰다.

그런데 막상 나오니 달리기는커녕
얼마 못 가 멈춰 거리를 구경하고,
얼마 못 가 멈춰 꽃잎에 감탄하고,
그렇게 가다 멈추기를 반복했다.

뭐가 그리 급하다고 앞만 보며 달릴까.
세상도 봄도 온전히 느끼면 좋지.

피어나는 꽃들과 눈도 맞추고
오리들 노는 것도 봐주고

수산시장 들러 회도 사고
모종 파는 곳에 눈길도 주고
국궁장도 구경하고
이러다 보니 세 시간이 지났다.

여유로운 삶을 원한다면,
복잡하게 따져볼 것 없다.
그냥 그렇게 하겠다고 마음만 먹으면 된다.

무작정 달리러 나왔다가
발길마다 멈춰 잔뜩 여유를 부린 나처럼.

# 산책할 때 몰래 버려야 할 것

심리학자 어니 젤린스키는

걱정에 대해 이렇게 정리했다.


40%는 절대 현실에서 일어나지 않는다.

30%는 이미 일어난 일에 대한 것이다.

22%는 사소한 고민이다.

4%는 우리 힘으로 바꿀 수 없는 것이다.

4%는 우리 힘으로 바꿀 수 있는 것이다.

즉, 대부분 쓸데없는 걱정이다.


그러나 사람들은 이런 헛된 걱정을

혹시나 모자랄 새라 사서 한다.

그리고 걱정에 파묻혀 시간을 허무하게 보낸다.

나는 걱정이 생기면

걱정이 나를 잡아먹기 전에 산책길을 떠난다.

그리고 누가 볼 새라 산책길에 슬그머니

걱정을 버리고 와버린다.


걱정이 머릿속에 꽉 차면 무엇도 시작할 수 없다.

결국은 뭐든 해봐야 걱정의 진실도 확인할 수 있다.

그리고 해보면 안다.


늘 걷는 똑같은 산책길에서도

새로운 사람과 뜻밖의 소나기를 만나듯이

아무리 미리 걱정하고 상상해도

결국 인생은 변수에 따라 흘러간다는 것을.

그것이 인생이라는 것을.

한스 달, 「피요르드의 여름」

걱정 없는 인생을 바라지 말고
걱정에 물들지 않는 연습을 하라.

– 알랭 드 보통

# 삶이 잠시 나를
# 기다려주길 바란다면

이삼십 대, 불안하다.

계속 달리지 않으면 뒤처지고

세상이 세워둔 줄에서 이탈될 것이라는 두려움에

쉬지도 못하고 계속 달리고 달린다.

어디쯤 왔나 뒤돌아보는 것조차 사치다.

미래에는 이보다 나을 거라는 막연한 기대로 견딘다.


사오십대, 그다지 안정은 없다.

여전히 생존과 강제이탈의 경계에서 외줄 타기를 하며

미래에 대한 불안으로 가슴 졸이며 산다.

문득문득 가슴 한편이 답답해진다.


무엇을 위해, 언제까지 쫓기듯이 살아야 할까.

버거움이 가슴을 짓누를 때면

세상이 잠시 멈춰 나를 기다려줬으면 한다.
허나 세상은 절대 나를 위해 멈춰주지 않는다.

그러니 멈추고 싶다면 스스로 멈춰야 한다.
세상이 세워둔 줄에서 내려와 숨을 고르고
내게 알맞은 속도에 맞춰 다시 걸어가보자.

세상이 나만 빼놓고 달려갈 것 같은
불안한 마음이 들지 모르지만
그 생각은 결국 내가 만들어낸 것이다.

나만의 시계를 만들어 나만의 시간을 가지면
다른 이의 등 뒤가 아니라
나를 위한 세상을 보며 걷게 될 것이다.

먼저 핀 꽃은 먼저 진다.
남보다 먼저 공을 세우려고
조급히 서두를 이유가 없다.

– 채근담

아서 헤이어, 「호기심 많은 고양이 세 마리」

# 옆에 사는 부자가
# 전혀 부럽지 않은 이유

말레이시아 여행 중에 전통 수상가옥을 만났다.
어떻게 물 위에서 살 수 있을까 생각하지만
그들에게는 오랜 세월을 거쳐온 생활 양식이라고 한다.

이주민들이 말레이시아로 오면
주로 이런 전통 수상가옥에 자리를 잡는다고 한다.
산짐승을 피할 수 있고 고기를 잡아 생활하기 편하단다.

말레이시아가 경제적으로 발전하면서
이런 수상가옥은 점점 사라지고 있다.
그리고 수상가옥의 반대편에는
고층 건물들이 즐비하게 서 있다.
상당히 대조적인 풍경에 절로 시선을 빼앗겼다.

바로 곁에서 부의 격차를 느끼면 박탈감이 있지 않을까?
그러나 한 주민은 내게 이렇게 말했다.


"물론 빈부 격차는 있지만
우리는 그런 것에 그렇게 연연하지 않아요.
주어진 것에 만족하며 살아서 다들 마음이 풍성합니다."


우리는 늘 주어진 것보다
갖지 못한 것에 시선을 빼앗기고 갈증을 느낀다.
더 큰 곳, 더 높은 곳을 향해서만 달려간다.


만족을 깨닫는 삶,
그런 삶이 과연 인생의 며칠이나 될까.
욕망과 욕심의 그물에서 언제쯤 벗어날 수 있을까.

# 후회만 하며 살기에
# 인생은 길다

가족이 먼저, 나를 위한 사치는 금지.
현재보다는 미래를 위해 모으고 아끼기.

이렇게 살아온 내 삶이
어느 날 찾아온 죽음의 문턱 앞에서
부질없다고 느꼈다.

아끼고 아끼다 언제 누릴 수 있을까.
마음껏 누리기에 인생은 짧고,
후회만 하기에 인생은 길다.

나이 탓을 하기에 아직 나는 젊고,
나에게 대접할 행복은 넘친다.

찰스 코트니 쿠란, 「높은 곳」

# 내 몸이 방전될 때까지
# 내버려두지 마라

휴대전화 배터리가 방전되어
전원이 꺼지면 어느 정도 충전되기 전까지
전원이 켜지지 않는다.
최소한의 동력이 확보되어야 켜진다.

살다 보면 때로 방전될 것처럼
에너지가 소진되어 서 있는 것조차 힘들다.
이때 조급한 마음에 바닥에 있는 에너지까지
억지로 끄집어내려 애쓰곤 한다.

그런다고 해결되지 않는다는 걸 알면서도
그렇게라도 해야 한다는 강박 때문이다.
그러다 정말 방전되면 다시 일어나기가 쉽지 않다.

휴대전화는 배터리 잔량이 15%가 남으면 경고를 한다.
에너지를 쓸 때가 아니라 채울 때라고 알린다.

우리의 몸과 마음도 한 번씩 경고를 보낸다.
문제는 우리가 그 경고를 무시한다는 것이다.
새까맣게 암전될 때까지 버티지 말고
적어도 내 에너지의 절반의 절반까지는 지키자.

다시 생각의 문이 열리고
힘이 생길 때가 오거든, 그때 다시 시작하면 되니까.

잠시 일에서 벗어나 거리를 두고 보면
삶의 조화로운 균형이
어떻게 깨져 있는지 분명하게 보인다.

– 레오나르도 다 빈치

라몬 카사스, 「피곤함」

# 내 생애 가장 아름다운 시기는
# 바로 지금이다

책 속에 넣어 말린
단풍이 고운 모습 그대로다.
가슴속에 오래 간직했던
추억을 꺼내보는 느낌이다.

예쁜 단풍잎을 곱게 말려
애정하는 연인에게 건넸던 순수한 시절,
물질보다 마음으로 호감을 구하던
그런 순수가 통했던 청춘의 모습이 떠오른다.

나는 세월의 때가 쌓여
순수함이 흐려졌지만
잘 마른 단풍을 보니
순수했던 나의 청춘이 떠오른다.

지나고 보니 그때가 내 인생에서
가장 아름다운 시기였지 싶다가도
지금 이 순간도 세월이 흘러 돌아보면
내 인생에서 가장 아름다운 시기겠지 하며
창밖의 오늘을 바라본다.

## 지금껏 남에게 보여주기 위한
## 인생을 살아왔다면

아기는 태어날 때
자신의 존재를 알리기 위해
큰소리로 세상을 향해 외친다.

그러나 세월이 흘러 어른이 된 우리는
최대한 남들 눈에 튀지 않게
점점 자신의 존재를 감추며 살아간다.

자신이 무엇을 하고 싶은지 고민하기보다
남들이 무엇을 보고 싶어 하는지 고민하며
나를 위한 삶이 아니라 보여주기 위한 삶을 만들어간다.

인간은 누구나 세상에서 유일한 존재다.
이 세상에 나는 오직 나뿐이다.

잃어버린 삶을 찾지 않으면

바짝 야윈 낙엽처럼

가벼운 바람에도 힘없이 떨어질지 모른다.


기억하라.

남에게 보여줄 필요도

남과 비교할 필요도 없다는 것을 깨닫는 순간

자신만의 삶이 시작된다는 것을.

자신에 대한 자신감을 잃으면,
온 세상이 나의 적이 된다.

– 랄프 왈도 에머슨

오귀스트 툴모슈, 「거울」

# 바꿀 수 없는 것에 집착하며
# 세월을 낭비하지 마라

그냥 살아지는 삶은 없다.
저마다 자신에게 주어진 삶을 만들어가는 것이다.
주어진 삶에 만족하든 만족하지 않든
앞으로의 삶을 만들어가는 주체는 자신이다.

태어날 때부터 출발점에 큰 차이가 있다면
물론 불편하고 억울한 마음이 들지 모른다.
하지만 바꿀 수는 없는 것에 매달리느라
세월을 보내는 것만큼 억울한 일은 없다.

내가 결정할 수 있는 것은
자신의 삶을 수용하는 마음뿐이다.
자신의 삶에 최선을 다하며
그 삶에 감사하며 존중하고

만족을 느끼는 것이다.

태어날 때 정해진 출발점을 바꿀 수 없지만

살아가는 날의 행복은 얼마든지 선택할 수 있다.


오늘 하루, 시작부터 소나기를 맞았어도

남은 하루를 어떻게 보낼지는

하늘이 아닌 나에게 달려 있지 않은가.

# 누구에게나 굴뚝이 필요하다

분주하게 돌아가는 일상의 톱니바퀴에 낀 채로
정신없이 바쁘게 살아가는 우리에게
가장 필요한 것, 바로 굴뚝이다.

삶의 에너지가 불타면서 나오는 연기를
적절히 배출하고 신선한 공기를 공급해줄 굴뚝.
그 굴뚝이 막히면 그 연기를 마시는 사람은
결국 나와 내 가족이다.

당신에게는 굴뚝이 있는가.
희뿌연 연기 속에 내일이 며칠인지도
가족이 어디쯤 있는지도 모른 채
살아가고 있지는 않은가.

클로드 모네, 「베네코트 세느강둑」

# 돈보다 가치 있는 것을
# 찾아가며 살아가는 것

돈을 목표로 삼는 사람과
돈을 수단으로 삼는 사람의 차이를 아는가.

돈을 인생의 목표로 생각하는 사람은
평생 돈을 모으기 위해 살아간다.
모으고 또 모으고 끝없이 모으려 한다.
지금 가지고 있는 돈도 넘쳐 나는데
끝을 모르고 하염없이 모으느라 인생을 다 보낸다.

돈을 인생의 수단으로 생각하는 사람은 어떨까.
한 월간지의 편집장은 이런 말을 했다.

"자기가 꿈꿔 온 의미 있는 일을 위해서라면
돈을 낙엽처럼 태울 줄 알아야 한다."

돈을 수단으로 생각하는 사람은
자신이 생각하는 더 좋은 가치와
돈을 교환하는 데에 거리낌이 없다.

어떤 친구는 마흔 중반까지 악착같이 돈을 모아
퇴사 후 그 돈으로 봉사 활동을 하고 싶단다.

목적이 아닌 수단으로 돈을 바라본다면
우리는 돈보다 더 가치 있는 것에 관심을 두며
인생을 살아가지 않겠는가.

재산이란
그것을 가지고 있는 사람의 것이 아니라
그것을 즐기는 사람의 것이다.

– 제임스 하우얼

에드워드 헨리 포타스트, 「여름」

# 욕심 하나를 버리면
# 행복 여럿이 들어온다

조금 늦은 출근길에 오르니

열차 안이 이렇게 한적할 수가 없다.

넓디넓은 열차에 승객은 나 혼자뿐이다.

전용기는 없어도 전용 열차를 가진 느낌이다.


나는 차를 버린 지 삼 년째다.

차 대신 대중교통을 이용하며

전국 각지 어디든 자유롭게 이동한다.


차가 없어 웬만한 거리는 걸어 다니니

하루 평균 일만 이천 보는 걷는다.

시간 내어 운동하지 않아도 운동이 되어 좋다.


무엇보다 좋은 것은

복잡한 도시에서 운전하느라 스트레스받지 않고
자유로운 두 손으로 이런저런 일들을 하면서
내 시간을 확보할 수 있다는 것이다.

차에 대한 욕심 하나를 버렸더니
무궁무진한 여유와 행복이 들어온다.

정말 중요한 것은 사실 주인이 없다.
소유하지 않아도 마음껏 누릴 수 있는 것들,
그런 것들과 더 친하게 지낼 나이다.

# 꽃길이 따로 있나,
# 내 삶이 꽃인 것을

삶의 버거움이 나를 짓누르는 날,
문득 뒤돌아 걸어온 길을 보니
울퉁불퉁 깊게 파인 웅덩이만 눈에 들어온다.

서러운 맘에 다른 사람의 길을 바라보니
한 친구는 장미가 잔뜩 핀 꽃길을
한 친구는 튤립이 잔뜩 핀 꽃길을 걷고 있다.
내가 걸어온 길만 온통 굴곡투성인 듯해 한스럽다.
언제쯤 친구가 걷는 꽃길을 나도 걸을 수 있을까.

인생은 멀리서 보면 희극이고
가까이서 보면 비극이다.
내 인생은 너무 가까워 웅덩이만 보이고
친구의 삶은 멀리 있어 꽃만 보이는 법이다.

그러나 어느 날부터
웅덩이 옆 잔뜩 피어 있는 들꽃들이
서서히 눈에 들어오기 시작했다.

그간 곁에 두고도 왜 보지 못했을까.
나와 함께 걸어준 이름 모를 꽃들이
내게 얼마나 소중하고 고마운지 알게 되었다.

꽃길을 찾아 헤맨 시간이 아깝다.
꽃길을 따로 찾아 헤맬 필요 없이,
내가 지금껏 지나온 길도 꽃길이었다.

내 삶 자체도 꽃이었다.
나를 똑 닮은 나만의 꽃.

조르주 지라르도, 「달에게 고개 숙이다」

행복은 사소한 일에서
곧바로 즐거움을 알아채는 것이다.

– 휴 월폴

## 2장

# 설레는 이에게는
# 모든 날이 봄이다

# 열정은 태양처럼 강렬하게
# 삶은 노을처럼 아름답게

매미는 한 달 남짓한 생을 살기 위해
칠 년이라는 긴긴 세월을
땅속과 물속에서 기다린다.

그리고 성충이 되어 세상 밖으로 나오면
짝을 찾기 위해 우렁차게 울어댄다.
짧은 생이 서러워서가 아니라
자신의 존재를 알리기 위해
쉬지 않고 울어댄다.

인간에게 주어진 생은
매미에 비하면 헤아릴 수 없을 만큼 많다.
하지만 매미처럼 하루하루를
처절하게 살아가는 사람은 얼마나 될까.

하늘이 나들이라도 가려는지 붉게 화장했다.

열정은 붉은 태양처럼 강렬하게 태우며

인생은 노을처럼 아름답게 채우며 살아가보자.


미련도 후회도 없을 만큼

세차게 울다가 떠나는 매미처럼.

윌리엄 브래드퍼드, 「펀디만의 일출 때 노던 헤드의 전망」

좋은 항아리가 있으면
아낌없이 사용하라.
내일이면 깨질지도 모른다.

− 탈무드

# 마음이 거칠면
# 세상이 거칠어진다

생각이 머릿속에 가득 찬 날,
팔당댐을 지나 한강을 따라 차를 몰았다.
한파 때문에 한강 수면이 살얼음으로 덮여 있다.
얼음으로 바깥세상과 흐르는 물속을 차단한
한강의 모습이 마치 내 마음과 같다.

마음이 얼어붙어 거칠어지면
나를 둘러싼 온 감각이 거칠어진다.
무엇도 부드럽게 받아들이지 못하고
세상과 나 사이 벽을 만들어낸다.

마음이 얼어붙은 원인이
바깥에서 불어오는 바람 때문이든
내 안의 냉소적인 태도 때문이든

그것은 그다지 중요치 않다.
결국 마음을 바꾸는 건 내 문제이기 때문이다.

그러니 바깥을 탓하기보다
안에서부터 마음을 녹여야 한다.
살얼음이 얼음 성벽이 되기 전에.

긴 단절은 세상과 영원한 결별이 될 수 있다.
그러니 불투명한 얼음 막을 살살 걷어 내고
봄날 같은 마음으로 세상과 다시 마주해보자.

# 꽃향기에 취했는지
# 오후 내내 졸리다

꽃들이 앞다퉈 피고 있다.
몽우리가 터질 것 같이 부풀어 오른 꽃도 있고,
활짝 핀 벚꽃은 환한 미소로 나를 유혹한다.

성질 급한 목련은 벌써 절정에 이르렀는지
봄바람에 속절없이 꽃잎을 날려 보내고 있다.
이렇게 꽃이 피고 지며 봄은 깊어 간다.

칙칙했던 산기슭은 봄을 맞아
연두색 물감으로 단장 중이다.
얼어붙었던 흙도 살살거리는
봄바람에 녹았는지 부드럽게 풀렸고,
그 틈을 비집고 고개를 내미는
연약한 새싹에겐 봄바람도 버겁다.

인심 좋은 자연은 삭막한 도심에도 봄을 선물해 준다.
콘크리트 냄새에 젖어버린 내 코가 오랜만에 호강한다.
꽃향기에 취했는지 오후 내내 졸리다.

취한 것이 분명하다.
몽롱하다.

많은 사람이 풀밭을 바라보지만
그 속의 꽃을 발견하는 사람은 많지 않다.

– 랄프 왈도 에머슨

프란체스코 비네아, 「피렌체의 봄」

# 삶에도 삼한사온이 있다

우리나라 겨울 기온은
사흘 동안 춥고 나흘 동안 따뜻한
삼한사온의 특징이 있다.

강원도 황태덕장에서는
명태가 얼었다 녹기를 반복하며
제 맛 낼 준비가 한창이다.
삼한사온의 덕을 본다.

겨울은 겨울 다워야 한다.
매서운 추위가 있기에
그 뒤에 찾아오는 햇살이
더 따뜻하고 소중하게 느껴진다.

사람은 추위 때문에 죽는 것이 아니라
희망을 잃어버릴 때 죽는다.

우리 삶에도 삼한사온이 있을 것이다.
지금 같은 한파가 영원히 지속되리라는 법은 없다.
한파 뒤에 따뜻한 햇살이 기다리고 있을 것이다.

그렇게 얼었다 녹았다를 반복하며
삶을 단단하게 만들고 나면
비로소 기나긴 봄날이 우리를 맞이하고 있을 것이다.

# 내가 머물고 싶은 곳은
# 내가 정할 수 있다


"감옥과 수도원의 공통점은

세상과 고립되어 있다는 점이다.

차이가 있다면 불평을 하느냐,

감사를 하느냐 그 차이뿐이다.

감옥이라도 감사를 하면 수도원이 될 수 있다."


경영의 신 마쓰시다 고노스케의 말이다.


좋은 기사를 봐도 나쁜 기사를 봐도

댓글에서 항상 화가 나 있는 사람을 발견할 수 있다.

왜 그렇게 항상 자신을 수렁에 밀어 넣는 걸까?


세상을 부정적으로 바라보면

세상에서 가장 평화로운 곳에 있어도

감옥에 갇힌 기분일 것이다.

세상을 긍정적으로 바라보면
세상에서 가장 골치 아픈 곳에 있어도
수도원에 온 듯 평화로울 것이다.

당신은 지금 어디에 있는가.
감옥인가, 수도원인가.

페르디난드 게오르그 발트뮐러, 「알타우스제 호수와 다흐슈타인의 풍경」

행복을 즐겨야 할 시간은 지금이다.
행복을 즐겨야 할 장소는 여기다.

– 로버트 인젠솔

## 자연처럼 부지런히
## 인생을 가꾸며 살아간다면

무더위와 실랑이하며
뒤처지지 않으려 땀을 흘리는 사이
자연은 다음 계절을 맞을 준비에 한창이다.

무감하게 달력을 넘기는 동안에도
가을은 서서히 익어가고 있다.
벼는 튼실한 몸을 만들었고,
과일들은 제각기 절정의 순간을 위해
뙤약볕을 품어 가며 땀 흘리고 있다.

꽃을 피우고 지우고 열매를 만들며
뜨거운 햇살과 휘몰아치는 비바람에도
성장을 늦추지 않았다.

아침저녁으로 찬바람이 솔솔 불기 시작하면
찬바람을 맞은 과일들은 쑥스러워
볼이 빨갛게 바뀌어간다.

감나무에서 여물고 있는 파란 감은
얼마 후에 주홍빛을 띠며 환하게 웃고,
파란 사과는 강렬한 햇빛을 들이마시며
태양과 같이 붉게 타오를 것이다.

여름은 역사 속으로 지나가고
가을이 찾아오고 있다.
사계절을 숱하게 경험하면서도
자연의 분주함을 소중히 여기고 헤아려 본 적이 없다.

우리 눈에 비친 자연은 정적일지 몰라도

그들은 한시도 쉰 적이 없다.

하루 한시 최선을 다해

자신에게 주어진 생명을 가장 아름답게 꽃피우는

대자연 속의 생명들이 존경스럽다.


인간도 자연만큼만 삶을 소중하게 여기며

최선을 다해 인생을 가꾼다면

세상은 한층 더 아름다워질 텐데.

에드먼드 레이턴, 「내 여인의 정원」

# 우리는 낙엽이 아니라
# 언제든 새잎을 틔우는 나무다

단풍이 막 절정에 들었다.
곧 추락할 날이 머지않았다는 뜻이다.
사람들은 종종 단풍이 떨어지는 것을 보며
세월의 헛헛함을 느끼고는 한다.

하지만 우리는 단풍이 아니라 나무다.
봄이 되면 다시 싹이 올라오고
새로운 절정을 향해 가는 나무처럼
마음만 먹으면 새로운 잎을 틔워내
또다시 새로운 절정까지 경험하는 존재다.

그러니 단풍이 떨어진다고 슬퍼 마라.
추락은 또 다른 시작으로 이어진다.
겨울이 지나면 곧 또다시 봄이 온다.

그러니 두려움 대신 설렘으로 추락하라.

어느 높이까지 절정을 경험했는지도 중요하겠지만
얼마나 아름답게 추락하는지도 중요하다.

올가 비징거−플로리안, 「가을의 프라테라리 거리」

모든 잎이 꽃이 되는 가을은
두 번째 봄이다.

– 알베르 카뮈

# 여행은 돈 들여
# 고생하러 가는 것이다

여행이 인간에게 주는 최고의 선물은
집에 가고 싶다는 생각이 들게 하는 것이다.
내가 사는 곳이 그립고 소중하다는 것을
느끼게 해준 것만으로도 그 여행은 성공적이다.

이탈리아에서 묵은 숙소는 매우 불편했다.
육백 년을 쓸 생각으로 건물을 지으니
건물이 대부분 나이가 많고 시설도 노후하다.
그러나 현지인들은 내가 느끼는 불편함을
불편함으로 느끼지 않는 것 같다.

"여름이니 덥고, 겨울이니 춥지요."
이 말로 이들의 생각을 이해해본다.
로마에 왔으면 로마법을 따라야 한다.

이들의 삶과 문화를 존중하며
다름을 느껴본다.

'travel(여행)'의 어원은
'travail(고통, 고난)'이라고 한다.
돈을 들여 고생하러 온 대가로
세상을 좀 더 알아보는 눈을 얻었다.

진정한 여행이란
새로운 풍경을 바라보는 것이 아니라
새로운 눈을 가지는 데 있다.

– 마르셀 프루스트

카를 구스타프 카루스, 「나폴리만의 전망을 감상할 수 있는 발코니 룸」

# 바다의 하루가 우리의 일생 같다

수많은 인파가 밀물처럼 몰려왔다가
썰물처럼 빠져나간 한적한 늦여름의 바다.

모래 위에 이름 없는 발자국이 드문드문 찍혀 있고,
게 집들은 작은 구멍만 한 대문을 활짝 열어 놓고
주인을 기다리고 있다.

가을 운동회를 미리 준비하려는 듯
게들은 분주히 둥근 모래 공을 만들고
아이들은 모래성을 쌓고
모래 위에 작은 운하를 만들기에 여념이 없다.

벌거벗은 아들놈을 업고
모래사장을 걷는 아빠의 뒷모습이,

물 빠진 백사장에서 갈매기와 함께
조개를 잡는 가족들의 모습이 너무도 한가롭다.

온종일 뜨거운 열기를 내뿜던 태양이
쉴 곳을 찾아 먼바다 뒤로 서서히 모습을 감춘다.
바다를 붉게 물들였다가 파란 하늘도 붉게 칠했다가
순식간에 자취를 감춰버린다.

천지가 칠흑 같은 어둠으로 뒤덮인 바다,
태양을 대신해 둥근 보름달이 모습을 드러낸다.
보름달은 소리 없이 빛을 뿌린다.

자연의 하루가 삶의 전체를 투영하는 것 같다.

# 너그러운 자연에게
# 오늘도 경의를 표한다


정성껏 아름다운 수채화를 그려
세상을 한가득 품어주는 그대

위대한 힘을 가지고 있으면서도
교만을 떨지 않는 그대

갈라지고 무너지는 아픔을 겪고도
너그럽게 인간을 용서하는 그대

그대 이름은 자연이어라.

화장을 하고 꾸미면
자신이 돋보일 것처럼 착각하는 그대

자연이 너그러이 품을 내주었는데도
고마움은 잊은 채 교만함을 드러내는 그대

욕심에 눈이 멀어 자연에게 고통을 주고도
뉘우치지 않는 그대

그대 이름은 인간이어라.

아돌프 카우프만 「봄의 강 풍경」

자연을 깊이 들여다보면
모든 것을 더 잘 이해할 수 있다.

– 알베르토 아인슈타인

# 도심 속에서
# 무아의 경지에 오르는 법

화창한 오후 햇살이 괴나리봇짐을 싸게 한다.
사과 한 조각, 감 한 조각을 보따리에 집어 넣고
햇살이 이끄는 곳으로 발걸음을 옮긴다.

아차산은 사람을 쉽게 안아 주는 산이다.
도시를 품는 산이 아니고 도시와 함께하는 산이다.
온갖 도시의 삶의 애환을 함께하는 산이다.

산길을 올라 작은 암자에 이른다.
도시를 품고 있는 산들을 내려다본다.
자연이 만들어 놓은 조화에 경의를 표한다.

암자의 돌계단에 앉아 괴나리봇짐을 풀어
사과 한 조각을 입에 물고 평온을 느낀다.

잔잔한 바람을 타고 불경 소리와 향 내음이 밀려온다.
정신이 서서히 맑아지는 것을 느낀다.
간간이 들리는 풍경(風磬) 소리가
세상의 때를 한 꺼풀 두 꺼풀 걷어낸다.

원한다면 도심 속에서도 무아의 경지에 이를 수 있다.
평온한 마음으로 다시 세상 속으로 내려온다.

# 햇살 좋은 오후에 누리는
# 인생의 축제

오랜만에 누리는 여유로운 휴일이다.

봄날, 산책하기 딱 좋은 날씨.

자연이 내게 준 호사를 최대한 누려보자.


길가에는 노란 개나리, 산수유, 목련이 활짝 피었고

때 이른 벚꽃도 몽우리가 터졌다.

이들을 시작으로 꽃들이 앞다퉈 피겠지.


곧 저 꽃들은 절정을 맞이할 것이다.

내 삶의 절정은 과연 언제일까.

한참 생각하다, 아니지 아니지 고개를 내젓는다.


햇살 좋은 오후, 이리 숨 쉬는 지금이

축제이고 내 인생의 절정이지 뭐.

찰스 코트니 쿠란, 「꽃의 길」

# 바위에 뿌리를 내려도
# 푸르게 살 수 있다

담쟁이는 흙 한 톨 없이도 바위에 뿌리를 내린다.
척박한 환경에도 푸르름을 잃지 않는다.

화려한 꽃들에 시선을 모두 빼앗겨
바라봐 주는 이 하나 없어도 누구도 탓하지 않는다.

담쟁이를 볼 때면 가진 것이 차고 넘치는데도
부족하다고 투정을 부리며 사는 내가 부끄럽다.

너를 보며 나를 다시 본다.
감사할 일들이 참 많다는 사실을
너를 통해 느낀다.

담쟁이야.

## 죽음 뒤에 남겨질 말이
## 삶을 이끌어줄 북극성이다

언제 찾아올지 모르는 죽음 앞에서
후회하지 않도록 스스로 이런 질문을 던진다.

세상을 떠나고 풍경 좋은 곳에 서 있는
소나무와 동거를 시작할 때
자그마한 폐목에 어떤 글을 남기고 싶을까.

이름은 굳이 필요 없을 듯하다.
어떤 사람으로 살다가 떠났는지가 중요하다.

죽음 뒤 내 곁에 남아 있을 글을
지금부터 곰곰히 고민해본다.
이 글이 남은 삶 동안 길을 잃지 않도록
나를 이끌 북극성이 되어줄 것 같다.

# 귀하디귀한 행운보다
# 흔하디흔한 행복을 찾아라

세상에서 가장 불행한 사람은

누가 봐도 행복한 상황에서도

스스로 행복하다고 생각하지 않는 사람이다.


세상에서 가장 행복한 사람은

누가 봐도 불행한 상황에서도

스스로 불행하다고 생각하지 않는 사람이다.


불행한 사람은 행운을 찾아도 불행하고

행복한 사람은 지척에 널린 것이 행복이다.


사람들은 행운의 상징인 네 잎 클로버를 찾기 위해

자신의 주변에 널린 세 잎 클로버를 무심코 밟고 지나간다.

나는 귀하디귀한 네 잎 클로버보다

흔하디흔한 세 잎 클로버로

자주, 충분히 행복한 사람이고 싶다.

클라라 호프만, 「향기로운 꽃」

행복의 비결은
더 많이 찾는 데 있는 것이 아니라
더 즐길 수 있는 능력을 키우는 데 있다.

– 소크라테스

# 일교차가 심한 것을 보니
# 인생이 깊어지려나 보다

일교차가 큰 시기다.
날씨의 높낮이만큼 작물들은 성장한다.

무는 몸통을 키우고
배추는 속을 채우고
코스모스는 하늘을 향해 고개를 쳐든다.

무잎을 엮어 처마 밑에 걸어두면
겨울에 얼었다 녹았다를 반복한다.
그런 시래기가 맛이 깊다.

늘 따뜻하고 기쁜 일만 있다면
마음은 더 자라지도, 채워지지도, 깊어지지도 못할 것이다.
찬바람이 조금만 불어도 얼어붙고 말 것이다.

뜻밖의 선물을 줬다가
뜻밖의 비극을 주는 날이 있다면
세상이 원망스럽기도 하겠지만
일교차가 심한 날이려니,
인생이 깊어지는 시기려니 생각해보자.

빈센트 반 고흐, 「론강의 별이 빛나는 밤에」

세상의 암흑이 클지라도
우리는 각자의 빛을 찾아야만 한다.

— 스탠리 큐브릭

## 3장

# 세월은 흘러가는 것이 아니라
# 채워가는 것이다

# 성공의 척도를 나누는
# 세 가지 기준

사마천의 『사기(史記)』에는 성공의 척도를 크게
정신적인 것과 물질적인 것으로 나누고
상중하로 평가하는 방법이 나온다.

정신적, 물질적으로 모두 만족하면 상의 성공,
정신적으로 만족, 물질적으로 불만족이면 중의 성공,
물질적으로 만족, 정신적으로 불만족이면 하의 성공.

물질주의가 팽배한 세상이라고 하지만
정신적 만족은 절대 간과할 수 없는 지표다.
아무리 물질적으로 넘치는 성취를 했다 해도
정신이 황폐해졌다면 가장 낮은 성공에 지나지 않는다.
만약 정신적으로 넘치는 성취를 했다면
그것은 절반 이상의 성공이다.

그러나 우리가 쉽게 계산할 수 있는 것은 물질이요,
손쉽게 자극받는 것 역시 타인의 물질적 성공이다.
그러므로 인생의 성공을 판단할 때 두 가지를 조심하자.

타인의 물질적 성공을 척도로 비교하지 말 것.
정신적 만족을 늘 중요한 척도로 기억할 것.

가장 적은 것으로도 만족하는 사람이
가장 부유한 사람이다.

– 소크라테스

찰스 코트니 쿠란, 「옥수수 껍질 벗기기」

# 매일 반성하는 이에겐
# 하루하루가 인생의 첫날이다

일월 일일, 새해의 첫날.

어제는 지난해가 되고 오늘은 새해가 된다.


새로움에 대한 시각은 저마다 다르다.

어떤 사람은 일 년 주기로 새로움을 받아들이고.

누군가는 한 달을, 또 누군가는 하루를

새로움으로 받아들이기도 한다.


일 년을 한 주기로 생각하고 사는 사람은

새해 첫날에 새로운 마음으로 새로운 각오를 하지만

며칠이 지나면 그 각오는 무뎌지고

또다시 새롭게 돌아올 새해를 기다린다.


나에게 새로움은 순간순간 다가온다.

초 단위, 분 단위, 시간 단위까지는 아닐지라도
최소한 하루 단위의 새로움을 찾기 위해 노력한다.


'일신우일신(日新又日新)'이란
날마다 새롭다는 의미를 담고 있다.
하루를 맞이하는 마음과 각오가 새롭다는 뜻이다.
하루 끝에 성찰하고 반성하는 사람은
매일이 인생의 첫날이다.


나는 어제보다 나은 삶을 위해
끊임없이 노력한다는 자세로 하루하루를 산다.
아직은 나태해지려는 나에게 패배하는 날이
승리하는 날보다 더 많지만 그래도 노력한다.

오늘이 있듯 내일이 있을 것이라는 생각은
조금만 깊이 사색해보면 상당히 막연한 생각이다.
오늘이 인생의 마지막이 될 가능성은
인간이라면 누구에게나 있다.

그러니 매일이 인생의 마지막인 것처럼
매일이 인생의 첫날인 것처럼 살아라.

클로드 모네, 「붉은 망토」

# 변화의 계기는
# 하늘에서 뚝딱 떨어지지 않는다

몇 주 전 강연장에서 만난 분에게 메일이 왔다.

그날 이후 생활 전반이 많이 바뀌었다는 내용이었다.

물론 시작단계라 결실이라고 할 것은 없지만,

결단하고 행동하게 만들어줘 감사하다고 하셨다.

사람의 마음은 아주 미세한 진동에도 파장을 일으킨다.

나 역시 어떤 책을 통해 삶을 바꾸기도 했다.

다른 사람은 그냥 지나치는 문장을 놓치지 않고

변화의 씨앗으로 삼고는 했다.

그 순간들은 나에게 시작을 알리는 종이었다.

그때 울린 맑은 종 소리가 지금도 내 귓가에 들린다.

여전히 가슴 떨리는 파장을 전하고 있다.

사람들은 대단한 변곡점을 손꼽아 기다린다.
일확천금이 뚝딱 쏟아져내리길 기다리며
하늘만 쳐다보고 살기도 한다.

그러나 변화는 하늘이 내려주는 것이 아니라
내 마음이 만들어가는 것이고 내가 찾는 것이다.
사소한 것이라도 계기로 삼으면
풀 한 포기로도 인생은 바뀔 수 있다.

# 그 일이 있기에 나도 존재한다

파란불을 기다리며 신호등 앞에 서 있다.
눈앞에 누군가 버린 쓰레기와 낙엽이 뒤섞여
길바닥을 정처 없이 떠돌고 있다.

옆에서 분주하게 환경미화원이 길바닥을 청소한다.
낙엽 때문에 부쩍 일거리가 많아졌겠다 생각하는 순간
그분의 입에서 역한 말이 끊임없이 쏟아져나온다.

"어떤 놈들이 길거리에 쓰레기를 버리는 거야!"

일이 많아 힘이 드니 화도 나겠지만
길거리에 쓰레기가 없으면
본인의 일도 사라지는 것 아닐까.

어떤 일을 하는지보다 자신이 하는 일을
어떤 마음으로 대하는지가 더 중요하다.
똑같은 일도 스스로 받아들이는 자세에 따라
느껴지는 감정은 전혀 다르다.

버겁고 힘들지라도 그 일이 있기에
자신이 그 자리에 있을 수 있다는 생각으로 일한다면
일을 하는 순간 순간 더 보람 있지 않을까.

에드워드 브루스, 「캐스케이드 산맥에서」

아무것도 변하지 않을지라도
내가 변하면 모든 것이 변한다.

– 폴 칼라니티

# 아집의 농도를
# 옅게 만들어야 할 때

어른이 되면 당연히 키가 자라지 않는다.
그보다 문제는 생각도 쉽게 자라지 않는다는 것이다.

어른들은 쉽게 아집(我執)의 수렁에 빠진다.
자기중심의 좁은 생각에 집착하며
다른 사람의 의견과 입장을 고려하지 않고
자기의 생각만을 내세운다.

아집의 수렁에 빠진 사람,
이런 사람을 일명 꼰대라 부른다.
당연히 이런 사람과는 대화하고 싶지도 않고
마주 보는 것도 피하고 싶다.

큰 계기가 생기면 생각이 자라기도 하고

바뀌기도 하지만 그런 일은 드물다.
그러니 의식적으로 경계할 필요가 있다.

속이 답답해 죽겠더라도
입을 적게 열고 귀를 여는 훈련을 반복하면
아집의 농도를 옅게 만들 수 있다.

# 문제가 생기면 해결하기 전에
# 먼저 감사하라

문제가 생기면 문제를 해결하기 전에
감사하라는 말이 있다.

살면서 어려운 문제가 주어지지 않는다면
오늘도 어제도 내일도 별로 다르지 않을 것이기에
문제를 성장의 기회로 생각하라는 뜻일 테다.

돌이켜 생각해보면 사회 생활을 하면서
아무 문제없이 보낸 날은 거의 없었던 것 같다.
문제가 없는 날에는 오히려 불안하기까지 했다.

문제가 생길 때 문제를 대하는 태도에 따라
그 이후의 방향이 달라진다.
자신에게 주어진 직책이나 대우는

문제를 해결하라고 부여한 것이다.

문제가 있으니 그 자리에 내가 있을 수 있다.

별다른 문제없이 순탄하다면

그 자리에 당신을 앉혀둘 이유가 없다.


삶은 문제 해결의 연속이고

그 문제를 풀어가는 과정이 삶이다.

그러니 문제가 생기면 그 문제를 해결하기 전에

먼저 감사하는 마음을 갖자.

# 무심코 던진 말은
# 공중에 떠다니다 결국 돌아온다

둘 이상이 모여 대화를 하면
제삼자에 관한 이야기가 빠지지 않는다.
함께 자리하지 않은 사람의 이야기는
부담 없이 도마 위로 오른다.

하지만 그렇게 뱉어진 말은 과연 사라질까?
자고로 부정적인 이야기는 직접 듣는 것보다
뒷말로 오갔다는 말을 들으면 더 화가 나는 법이다.

만약 누군가 당신을 대하는 태도가 갑자기 달라졌다면
어젯밤 당신이 한 말을 알고 있는 것일지 모른다.

무심코 던진 말은 땅에 절대 땅에 떨어지지 않는다.
그러니 주워볼 시도도 할 수 없다.

그대로 공중에 떠다니다가 결국 내게 돌아온다.

그러니 재미 삼아 타인을 안주 삼지 마라.
내가 뱉은 말을 도로 내가 먹는다.

물고기는 항상 입으로 낚인다.
인간도 역시 입으로 걸린다.

— 탈무드

펠릭스 발로통, 「불로뉴 숲 또는 정원의 소녀들」

# 바깥으로부터 들어오는 바람에
# 마음을 열자

미국 전 대통령 캘빈 쿨리지는
세상은 교육받은 낙오자로 가득 차 있다고 말했다.

우리는 수많은 통로로 다양한 교육을 받는다.
하지만 그렇게 얻은 지식과 정보를
실제로 활용하는 사람은 많지 않다.

"나도 다 알고 있어."
"너무 뻔한 이야기잖아."
"누가 몰라서 안 하나."

이런 생각들로 그물을 치고
얻은 지식을 걸러내 버린다.

어떻게 해야 하는지
몰라서 못 하는 사람은 극히 드물다.
알고 있어도 안 하는 사람이 태반이다.

자신의 내면에 그물을 치고 사는 사람은
대단한 재능을 타고났다 하더라도
긍정적인 결과를 얻기 힘들다.

타고난 재능은 적을지언정
세상으로부터 불어오는 바람을
긍정적으로 받아들이고
가벼운 마음으로 실천하는 사람에겐
반드시 성공의 씨앗이 함께 날아들 것이다.

# 긴 호흡으로
# 더 깊이 세상을 탐구할 수 있도록

해녀는 더 실한 수확을 위해
숨을 참아내며 깊이, 더 깊이 잠수한다.
숨이 다해 물을 삼키기 전에
밖으로 뛰쳐나와 멎은 허파에
급하게 산소를 주입해 살려낸다.

그 고통을 감내하며 수확한 것들을 바라보는
죽다 살아난 사람의 입가에는 미소가 걸린다.
물 밖으로 나와 급하게 쉬는 숨은
생존의 숨이요, 희열의 숨이다.

이런 경험이 해녀를 더 깊은 바닷속으로 이끈다.
글을 생산하는 일도 비슷하다.
인간만이 가능한 창조활동이다.

고통은 있지만 보람과 희열이 있다.

스치는 영감도 날렵하게 채로 주워 담고,
숨이 꼴깍 넘어가기 직전까지
심해의 끝을 탐구하는 호기심과 집요함이 필요하다.

난 아직 바닷속 깊이 들어가기에는 호흡이 짧다.
멀리서 긴 호흡으로 물질하는 할망을
부러워하며 따라 하는 풋풋한 신참이다.

나는 오늘도 호흡을 늘리기 위해
세상을 더 세심히 헤엄치며 훈련 중이다.

나이를 더해가는 것만으로
사람은 늙지 않는다.
이상과 열정을 잃어버릴 때
비로소 늙는다.

– 사무엘 울만

펠릭스 발로통, 「집 안에서 글 쓰는 여인」

# 마음을 움직이는 진짜 무기는
# 입이 아니라 귀다

사람들은 흔히 입을 무기로 삼지만
입보다 강한 무기는 귀다.

남의 말을 듣는 데에
지나치게 인색한 상사가 있다.
"자, 의견을 이야기해봐"라고 말하고 몇 초 뒤에
"일단 내 말 들어봐"라며 다시 입을 연다.

상사가 서둘러 입을 여는 순간
사원은 자신의 의견을 삼키고
귀와 마음의 문을 닫아 버린다.

상대에게 조언을 할 때는
말을 많이 해야만 더 좋은 조언을

해줄 수 있는 것은 아니다.

훌륭한 조언자는 훌륭한 경청자라는 말이 있다.
자신의 말을 잘 들어주는 조언자의 말을
상대는 진심으로 듣고 마음으로 받아들이게 돼 있다.

그리고 상대의 말을 잘 듣다 보면
상대에 대한 이해의 폭이 넓어져
자신의 의견을 더 설득력 있게 전달할 수 있다.

입과 귀, 당신은 어떤 무기로 마음을 움직일 것인가.

# 인간의 마음도
# 수박처럼 두드려보고 판단할 것

좋은 수박을 사기는 쉽지 않다.

겉만 보고 판단해야 하기 때문이다.

겉보기에는 맛있게 보여도

막상 속을 들여다보면 껍질이 두껍거나

먹어보면 수박이 아닌 무 맛이 날 때도 있다.

겉과 속이 다르니 섣불리 판단하기 너무 어렵다.

사람의 마음도 수박과 비슷하다.

우리는 상대와 대화를 하며

겉으로 드러난 태도, 표정, 언어로

서툰 판단을 내리는 일이 의외로 많다.

상대가 자신의 주장에 긍정적으로 반응했다고

단정 짓는 오류를 범한다.
자신의 생각이 간절할 때는
더욱이 보고 싶은 대로 답을 내리는 법이다.

나 역시 내 안에 또 다른 자아를 숨기고 있듯이
상대에게도 내면의 또 다른 자아가 있다.

수박을 두드려보고 사듯이
겉만 보고 사람의 마음을 판단하지 말자.

이해가 부족한 사람이
오해가 많은 사람보다 낫다.

– 아나톨 프랑스

에밀 클라우스, 「여름날」

# 절대적인 불행과
# 절대적인 실패란 없다

한 권의 책만 읽은 사람을 조심하라.
토마스 아퀴나스의 말이다.

경험은 약이 되기도 하지만
때로는 독이 되기도 한다.
짧은 경험에 사로잡혀 모든 현상과 사물을
쉽게 단정 지어 판단하는 것이 경험의 독이다.

자기 의지와 확신이 강한 사람들은
'절대'라는 말을 자주 사용한다.
'절대'와 함께하는 생각들은 결국
자신의 경험에 따른 단편적인 판단이다.

모든 일에는 반드시 양면이 있다.

동전의 양면이 있듯이
행복과 불행, 성공과 실패에도 양면이 있다.


'절대'라는 말을 습관처럼 쓰고 있다면
그 말이 가진 벽을 허물어 보자.
그 순간 내가 알지 못한 세상이 보일 것이다.

## 좌절은 상황에 지나치게
## 빠져 있는 이에게 찾아온다

폭풍은 선원들에게 두려운 존재이다.

격랑과 싸운다는 것이 어찌 쉬운 일이겠는가.

선장과 모든 선원은 혼신을 다해

폭풍을 이겨내려 사투를 벌인다.


만약 폭풍이 지나가지 않고 계속된다고 생각한다면

과연 포기하지 않고 최선을 다할 수 있을까?


아마도 그러지 못할 것이다.

이겨내려는 마음이 생기기는커녕

배가 난파되는 순간을 눈뜨고 지켜보며

생을 마감할 준비를 할 것이다.


그들이 혼신을 다해 노력하는 이유는

폭풍은 지나간다는 사실을 알고 있기 때문이다.

이 순간을 잘 넘기면 반드시

맑은 하늘과 고요한 바다를 맞이할 수 있다는

희망을 품고 있기 때문이다.


인생도 똑같다.

맑은 날이 있으면 흐린 날도 있다.

좌절은 상황에 지나치게 빠져 있는 사람에게 찾아온다.

자연도 순리가 있고, 인생도 순리에 의해 움직인다.

믿음과 희망을 버리지 않는다면

좌절의 순간도 분명 지나갈 것이다.

인생은 고통과 권태 사이를
왔다 갔다 하는 시계추와 같다.

– 아르투어 쇼펜하우어

크리스티안 크로그, 「벨기에 브리타니아 마을」

# 손에 쥔 것을 놓을 용기가 있어야 기회를 잡을 수 있다

사람들은 자신과 별다를 것 없어 보였던 사람이
어느 날 성공한 모습으로 세상에 나타나면
축하하는 마음 뒤로 '운이 좋았네' 하며 깎아내리고,
나에게는 행운이 오지 않을 뿐이라며 위안한다.

행운이란 살아가는 동안 찾아오는 기회다.
하지만 기회가 왔는지조차 느끼지 못하는 사람도 많다.
기회란 오래 머무르지 않는다.
바람과 같은 속성이 있어 금세 사라지고 만다.
항상 깨어 있는 사람이 아니면 느끼지 못한 채 놓쳐버린다.

만약 기회가 찾아왔음을 알아채더라도
눈뜨고 기회를 날리는 사람도 많다.
양손에 쥐고 있는 것을 놓치기 싫어

꽉 움켜쥐고 눈을 멀뚱히 뜨고
기회가 사라지는 것을 넋 놓고 바라본다.

성공한 사람들에게는 이런 기회가 올 때
양손에 든 것을 과감히 버리고
새로운 것을 잡으려는 도전정신이 있었다.
기회는 도전하는 사람에게만 오는 것이다.
도전을 위해서는 가진 것을 놓을 수 있는
결단과 용기가 필요하다.

# 작물도 관계도
# 발걸음 소리를 듣고 자란다


"작물은 농부의 발걸음 소리를 듣고 자란다."
초보 농부인 나에게 어르신들이 말하셨다.

토마토 모종을 심고
줄기가 올라가며 새순이 나오고
꽃이 피고 열매를 맺으려 할 때까지는 정성껏 살피다가
열매가 익어가려는 때 안심하고 발걸음을 멈춘다면
열매는 익지 않고 시들거나 제대로 여물지 않는다.

이럴 때 어르신들이 하는 말씀.
"정성이 부족해서 그래."

농부의 발걸음은 곧 정성이다.
작물을 키울 때뿐 아니라 모든 일이 마찬가지다.

관계도, 일도, 사랑도

발걸음 소리를 듣고 자란다.

정성의 깊이만큼 자란다.


무엇이든 저절로 자라는 법은 없다는 걸

텃밭에서 또 한번 배운다.

요제프 킨첼, 「감자 수확」

아무리 친한 벗이라고 하더라도
그대 자신으로부터 나온 정직과 성실만큼
그대를 돕지는 못하리라.

– 벤자민 프랭클린

# 뒤만 쳐다보고
# 인생을 운전할 수는 없다

자동차에는 안전하게 운전할 수 있도록
수많은 보조 장치가 갖춰져 있다.

그중에서도 룸미러와 백미러를 통해
차량 뒤쪽의 움직임을 살핀다.

그런데 간혹 룸미러와 백미러에
온 시선과 생각을 다 빼앗겨
운전을 하는 사람들이 있다.
대형 사고가 나기 십상이다.

인생도 마찬가지이다.
우리는 더 나은 미래를 위해
지나간 과거를 가끔 돌아봐야 하지만

그렇다고 모든 시선을 과거에 빼앗겨서는 안 된다.


안전한 운행을 위해서는
과거는 가끔 돌아보면 충분하다.
앞으로 나아가야 할 미래는
가끔 살펴보면 충분하다.


가장 집중해야 할 것은
지금 당장 차가 지나가는 바로 이 길이다.


어차피 지나간 상황은 내가 어찌할 수 없다.
오직 내가 바꿀 수 있는 것은 현재와 미래뿐이다.
지금 핸들을 어디로 어떻게 돌리느냐에 따라
목적지가 바뀔 수 있다.

과거에 붙들려 앞으로 나가지 못하거나,

돌아올 미래를 지나치게 걱정해

전진하지 못하는 우를 범하지 않기를.

페카 할로넨, 「보트 위의 여인」

# 큰일은 반드시
# 작은 일에서 성패가 갈린다

오늘 아주 사소한 일을 미루었다.

아주 작은 구멍이 단초가 되어

둑이 무너져 내리듯 계획이 무너져 내리는 건 아닐까.


노자의『도덕경』에 이런 말이 있다.

"큰일은 작은 일에서 비롯되고

큰일은 반드시 작은 일에서 성패가 갈린다."


나태와 합방했던 과거가 소스라치게 싫다.

어차피 이 싸움은 내가 시작한 것이다.

내가 스스로에게 가슴 설레는 꿈을 주었고,

그 꿈을 향해 전진하자고 다짐했었다.


그리고 뚜벅뚜벅 행진을 해왔다.

다시 내 자신에게 채찍을 가하자.

큰일을 이루기 위해서는

오늘 해야 할 아주 작은 일부터

끈질기게 이뤄 내라고 큰소리로 외치자.

위대한 일을 할 수 없다면
작은 일을 훌륭하게 해내세요.

– 나폴레온 힐

클로드 모네, 「자수를 놓는 마담 모네」

# 자신의 일에 진심인 사람을 존경한다

어떤 일을 하는지는 중요하지 않다.
나는 자신의 일에 진심인 사람을 존경한다.

내가 하는 일이 가치 있다고 느낄 때
내가 나로 살아가고 있다고 느끼게 된다.
내가 나로 살아간다는 확신이 들 때
내면에 충족감이 찰 것이다.

자신이 좋아하는 일을 하면
힘들지 않은 것이 아니라
힘들지 않다고 느끼게 된다.
그렇기에 돌부리에 걸려 넘어져도
다시 일어나는 힘이 생기는 것이다.

나도 내가 하는 일을 좋아하고
그 일이 가치 있다고 느낀다.
그렇기에 진심으로 대하고 싶고
그러려고 노력하지만 여전히 부족하다.

다만 흔들리지 않고 뚜벅뚜벅 걸어갈 뿐이다.
그것으로 충분하다.

펠릭스 발로통, 「고우빙의 탑」

아무것도 성취하지 못했을지라도
자신을 존경하라.
거기에 상황을 바꿀 힘이 있으니.

– 프리드리히 니체

4장

# 사람과 사랑 사이의 일이
# 가장 어렵다

# 사랑한다는 말이
# 왜 무서워졌을까

만약 배우자에게 사랑한다는 말을 하면 어떨까?
보통은 이상한 반응이 돌아온다.

"나 몰래 뭐 잘못했어?"
"뭐 잘못 먹었지?"
"무섭게 왜 이래?"

그런 반응을 몇 번 겪다 보면
사랑한다는 말을 하기가 겁이 난다.

따뜻한 말은 미루기 시작하면
목에 걸린 듯 점점 더 꺼내기 어려워진다.
그래도 멈추지 말고 계속 던져보자.
그러면 냉소적인 반응도 점점 달라질 것이다.

사랑하는 사람이 어제처럼 옆에 있을 것이라,
늘 가까이에 있을 것이라고 자신하지 말자.
언제라도 세상을 떠날 수 있는 것이 인간이다.

그런 생각을 하면
사랑한다는 말을 미룰 수 없을 것이다.
사랑한다는 말에 툭툭거리진 못할 것이다.

아껴야 할 것들만 아끼고
사랑한다는 말은 아끼지 말기를.

# 정류장에서 할아버지가
# 꽃다발을 들고 앉아 있다

버스정류장에 노부부가
버스를 기다리며 앉아 있다.

할아버지의 손에 예쁜 꽃다발이
들려 있기에 유심히 봤다.
두 분이 속닥속닥 정겹게 대화하신다.

젊은 연인의 정다운 모습도 보기 좋지만
노년인 연인의 정겨운 모습이
내 눈에 더 들어오는 것은
내가 나이 들어서 그런 것일까.

젊고 아름다운 사람은 자연의 우연한 산물이지만
늙고 아름다운 사람은 하나의 예술 작품이라는 말이 있다.

172

그 말이 딱 잘 어울리는 모습이다.

나도 나이가 들어 아내와 저런 모습이면 어떨까.
닮고 싶은 마음에 저장해둔다.

인생에 있어서 최고의 행복은
우리가 사랑받고 있음을
확신하는 것이다.

– 빅토르 위고

펠릭스 발로통, 「다프니스와 클로이」

# 장미에서는
# 장미 향이 나도록 도와주어라

장미 뿌리에서는 장미가
백합 뿌리에서는 백합이 핀다.
당연한 이치다.

장미꽃이 예뻐 보인다고
뿌리가 백합인 아이에게
장미꽃을 피우라고 강요하는 것은
당연한 잘못이다.

사람은 어느 곳에서 무엇을 하든
자기다운 꽃을 피울 때 가장 아름답고 빛난다.

부모가 원하는 꽃을 골라주려 하지 말고
아이가 선택한 꽃을 존중하고 응원하며

그 꽃에 스스로 가치를 부여할 수 있도록
알려주고 도와주는 것이 현명하다.

어떤 꽃을 피우느냐보다
그 꽃을 통해 세상에 어떤 가치를 전할지
고민하는 것이 더 중요하다.

장미는 결코 해바라기가 될 수 없고
해바라기는 결코 장미가 될 수 없다.
하지만 장미나 해바라기나 모두
각자의 아름다움을 가지고 있다.

– 미린다 커

베른하르트 포타스트, 「꽃 바구니」

# 사랑하는 사이에도
# 거리가 필요하다

흔히 연리지를 부부애로 비유한다.

그러나 연리지도 사이사이 거리가 있으니

생명을 유지하고 사랑하며 살아가는 것이다.


이렇듯 부부간에도 각자의 시간과 공간이 필요하다.

무조건 찰싹 달라붙어 있기보다

혼자 있는 시간과 함께하는 시간이 조화로울 때

부부 관계는 더 좋아질 수 있다.


왜 내 맘과 똑같지 않아?

왜 한몸처럼 생각하지 않아?

상대에 대한 기대와 바람이 크면

만족과 기쁨보다는 실망과 원망이 클 수밖에 없다.

자식과의 관계도 마찬가지다.

자식이지만 내 품에서 떠나는 순간 온전히

독립된 존재가 된다는 것을 인정해야 한다.

자신과 동일시하지 않고 기대와 바람을 내려놓아야 한다.


애정 어린 시선으로 적당히 거리를 두면,

그 사이로 바람이 솔솔 불어 마음이 가벼워지고

그 거리만큼 자식들의 독립심이 자라날 것이다.


그러니 사랑할수록 숨 쉴 틈을 마련해주자.

# 적당히 식어 미지근해진 사랑이
# 오히려 더 편하다

연애 시절에는 생각만 해도 가슴이 콩닥콩닥
주체하지 못할 뜨거운 열기가 뿜어진다.
별이라도 따줄 만큼 과한 의욕 발산까지.
그러나 시간이 흐르고 서로가 익숙해지면
사랑의 온도는 점점 내려간다.

사랑이 식는 것은 당연하다.
연애 때 열기가 식지 않으면
가슴이 과부하로 감당하기 어렵다.
하지만 적당히 식어 미지근해진 사랑은
서로에게 더 편안하고 안정적이다.

사랑이 식었다고 사랑의 근본이 사라진 것이 아니다.
은은한 노을 같은 사랑으로 진화한 것이다.

앙리 마르탱, 「룩셈부르크의 연못을 따라 산책하는 커플」

# 진한 슬픔도
# 시간이란 지우개로 지워가며

배 속에 품고 있던 아기가 갑자기 떠났을 때
딸은 몇 날 며칠 눈물을 뿌리며 지냈다.

나 역시 한동안 아기가 나오는 사진이나 영상을 피했다.
내 가슴속에도 이슬비가 내렸으니
딸과 사위는 어땠을까.

세월을 먹고 지나본 어른들이야
시간이 흐르면 아픔이 무뎌진다는 것을 알지만
아직 그들은 여리다.

속마음이야 어떨지 잘 모르지만
다시 밝게 지내려 애쓰는
딸 부부를 슬며시 바라보았다.

망각이 슬픔을 조금씩 옅게 만들 것이다.

슬픔과 아픔을 곧이곧대로 안고는 살아갈 수가 없다.

그래서 망각은 신이 준 선물 같다.


진한 슬픔도 시간이란 지우개로 지워가며

그렇게 그렇게 살아내는 것이 인생이다.


그리고 신은 몇 개월 뒤

딸 부부에게 아기를 보내셨다.

열 달 엄마 품에서 살다

우렁차게 웃으며 세상에 나왔다.


아픔 뒤에 온 기쁨이라 그런지 그 기쁨이 더 진하다.

# 미루고 미루던 사랑을
# 이제야 너에게

손주를 처음 만난 날,

만지기도 겁이 나 옆에 누워 오래 바라봤다.

태어난 지 겨우 삼 일인데

이목구비는 어찌나 선명한지

또 어찌나 순한지 거의 울지도 않고

잘 자고 잘 먹는단다.

아기를 보며 딸이 아기이던 때를 떠올려본다.

그런데 기억이 잘 나지 않는다.

무척 기뻐했고 사랑스러웠는데

먹고살기 바빠 일에 정신이 쏠려 있던 탓이다.

돌아보니 후회스럽다.

다음날 꿈에 부모님이 찾아왔다.

아버지는 이십여 년 만에 처음으로 꿈에서 만났다.

밝게 웃는 두 분이 함께 있는 모습도 꿈에서 처음 봤다.


생전에 나름 노력했지만 바쁘게 산다는 이유로

부모님에 대한 사랑도 부족했다.

돌아보니 역시 후회스럽다.


꿈에서라도 두 분을 더 보려고 침대에 매달려 있었다.

두 분이 밝게 웃는 모습이 생생해서 기분 좋게 눈을 떴다.

지난 일들은 후회가 남는다.


앞으로는 후회없이 사랑해야겠다.

못다 한 사랑을 손주에게 듬뿍 주고 싶다.

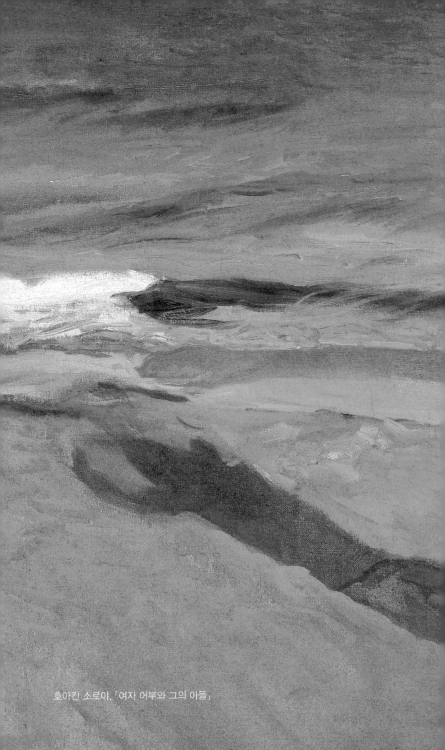

호아킨 소로야, 「여자 어부와 그의 아들」

이 세상에 태어나 우리가 경험하는
가장 멋진 일은
가족의 사랑을 배우는 것이다.

– 조지 맥도널드

# 까치가 먹을 밥은
# 남기면서 살아가자

감나무 꼭대기에
감 하나가 매달려 있다.

감을 수확하는 시기에 시골길을 지나다 보면
꼭 한두 개씩은 듬성듬성 매달려 남아 있다.
일명 '까치밥'이라 불리는 감이다.

자연에게 받은 소중한 수확에 감사하며
자연에게 되돌려주는 최소한의 배려.
우리 선조들은 주고받음의 도리를 알고 있었다.
인간과 자연의 조화로운 관계를 느끼게 하는
가치 있는 전통이다.

첫서리를 맞은 검붉은 감은 그 맛이 가히 꿀맛이다.

나는 어릴 적 이 맛에 빠져 까치밥을
도둑질한 적이 몇 번 있었다.
그 뒤로 잠을 자고 일어나면 내 머리는
항상 까치머리가 되고 만다.
죗값을 치른 것이다.

우리 민족의 정을 느낄 수 있는
까치밥의 전통이 영원히 상속되기를 바란다.
그리고 이 전통이 까치뿐 아니라
주변의 배고픈 이웃까지 챙기는 나눔으로
이어지면 얼마나 좋을까.

# 용서는 결국 나를 위하는 길이다

용서는 이타적인 행위 같지만
사실 자신을 위하는 길이다.
마음속에 있는 미움을 걷어 내는 순간
그렇게 마음이 편할 수 없다.

미움과 화는 독을 생산한다.
이 독은 결국 자기 자신이 먹는다.
그리고 상대를 용서하는 순간
해독제가 만들어진다.

감정의 골이 얕든 깊든
적당히 신경을 끄고 용서하는 것이
나에게 이롭다.

찰스 코트니 쿠란, 「접시꽃과 햇빛」

# 빈틈을 막는
# 문풍지 같은 사람이 되자

빈틈은 사람이라면 누구에게나 있는 법이다.
열심히 남의 빈틈을 비난하는 사람도
빈틈 있는 존재다.

그럼에도 그들은 마치 자신에게는 빈틈이 없는 양
남의 빈틈만 귀신같이 잘 찾아낸다.
그 틈으로 바람이 드는 것을 막아 주기는커녕
어떻게든 틈을 크게 만들려 한다.
상처가 깊어져 상대가 신음해도 아랑곳하지 않는다.

이들은 사실 자신의 빈틈을 가리려고
상대의 빈틈을 크게 떠드는 것이다.
상대의 빈틈을 크게 키운다고
자신의 틈이 사라지는 것이 아닌데 참 우둔하다.

그런 사람은 어디를 가든 존재한다.

매서운 겨울바람이 방으로 들지 않도록
문짝 주변에 문풍지를 바른 기억이 난다.
겨울이면 문풍지가 바르르 떨며
세찬 바람을 막아 준 덕분에 추위를 덜 탔다.

자기 즐겁자고 손가락에 침을 묻혀
창호지에 구멍 내려 하는 사람이 있다면
옆에 붙어 남의 빈틈을 함께 들여다보지 말자.

나라도 누군가의 틈을 막아 주는
문풍지 같은 사람이 되자.

호아킨 소로야, 「정원에서의 낮잠」

예의와 타인에 대한 배려는
푼돈을 투자해
목돈으로 돌려받는 것이다.

– 토머스 소웰

# 사람이 지겨울 땐
# 지극히 고독한 곳으로

바다 한가운데에서
육지가 안 보이는 쪽으로 덩그러니 앉아
바다를 보고 싶을 때가 있다.

선장도 없이 나 홀로
배의 엔진도 *끄고* 조용히
한번씩 들리는 갈매기 소리와 함께
처절한 외로움을 느끼는 것이다.

사람에 대한 서운함과 실망을
망망대해 깊은 바닷속으로 휙 던져버리고,
세찬 바람에 휠휠 날려 버리는 것이다.
그렇게 한번 비우고 나면
바다 대신 사람이 그리워지겠지.

카를 구스타프 카루스, 「산꼭대기의 방랑자」

# 슬픔이든 기쁨이든
# 내 곁에 벗들만 함께라면

흐리디 흐린 날,

세상에 나 홀로 있다는 느낌을 받았다면

그 슬픔은 끝없이 더해질 것이다.

그러나 슬픔을 나눌 진정한 벗들이 많다면

그 슬픔은 반으로 줄어들 것이다.


오랫동안 흐리다 마침내 맑게 갠 하늘,

그 하늘이 얼마나 아름답고 귀한지 우리는 안다.

그 기쁨을 나 홀로 느끼는 것도 행복이지만,

하늘을 같이 보며 기뻐할 벗이 많다면

행복은 끝없이 더해질 것이다.


변덕스러운 하늘이

또 언제 다시 흐려질지 모르지만

미리 걱정하고 우려하고 싶지 않다.

그냥 지금 하늘이 맑으면 그만이다.


그리고 지금 내 곁에 벗들이 있으면 그만이다.

페르낭 코르몽, 「친구와 점심」

등 뒤에서 불어오는 바람,
눈앞에서 빛나는 태양,
옆에서 함께 가는 친구보다
좋은 것은 없다.

– 에런 더글러스 트림블

# 지금 당신 곁의 익숙한 사람도
# 원래 새로운 사람이었다

휴대전화가 수시로 밥을 달라고 징징거려서

배터리를 교체하러 매장에 갔다.

새로운 휴대전화들이 많았다.

사 년 동안 어떻게 같은 기기를 쓰느냐고

점원이 놀랐지만 배터리만 새로 바꾸었다.


사람들은 흔히 새것을 선호한다.

조금만 익숙해져도 지겨워하며

새로운 것에 눈을 돌린다.


인간관계도 마찬가지다.

이미 친해진 사람에겐

툭툭 말을 뱉고 소홀히 대하면서

새로운 사람에게 에너지를 쏟는다.

새로운 사람을 통해
새로운 세상을 얻는 것은 좋은 일이다.
하지만 지금 당신 곁에 있는 익숙한 사람도
원래 새로운 사람이었다는 것을 잊지 마라.
그 역시 당신의 노력 끝에 익숙해진 사람이다.

이미 익숙해진 사람에게는
새로운 사람에 쓸 노력의 반만 써도
좋은 관계를 유지할 수 있다.

새것에 한눈파느라 소중한 인연을 놓치지 말자.

# 삶은 나만의 작품 활동이다

한 번도 똑같은 그림을 그리지 않는다.
색감도 모양도 다양하다.
하늘에 그림을 그리는 화가는 누구일까?

나는 내 세상에 어떤 그림을 그려왔고
앞으로 어떤 그림을 그려갈 수 있을까.
먼 훗날 내가 그린 그림은 가치가 있을까.

삶은 일생을 통해 자신만의
그림을 그리는 작품 활동이다.
그 작품의 가치는 자신만이 만든다.

카를 구스타프 카루스, 「고딕 창문에서 몰두하며 책 읽는 이와 이탈리아 바다의 달밤」

# 익숙하고 당연한 것이
# 가장 중요하다

나를 둘러싼 모든 것들이
그냥 주어지는 것이 아니라는 사실을
잃어본 후에야 깨닫는 경우가 많다.

단잠을 자는 것도 감사한 일이고
아침을 맞이하는 것도 감사한 일이고
파란 하늘을 느낄 수 있는 것도
가족이 곁에 머물러 있는 것도
모두 감사한 일이다.

너무도 당연하게 생각했던 중에
당연한 것은 하나도 없다.
모두 감사한 것들이다.

익숙하고 당연하다 느끼는 것들이
무엇보다 중요하다는 사실을
뒤늦게 깨닫는 사람이 많다.

우리는 더 가지지 못해 불행한 것이 아니라
중요한 것이 무엇인지 몰라서 불행한 것이다.

이 진리를 삶을 마무리할 무렵에 느낀다면
후회의 한숨을 쉬며 떠날 것이다.

에밀 클라우스 「오월의 꽃밭」

당신은 이 세상에 잠시 방문한 것뿐이다.
그렇기에 너무 서두르지 말고,
너무 걱정하지도 말아라.

그 대신 가는 동안 길에 핀
꽃 향기를 맡는 여유를 가져라.

– 월터 하겐

• 작품 정보 •

 1장

# 4장

175p, 펠릭스 발로통, 「다프니스와 클로이Daphnis et Chloé」, 1868, 캔버스에 유화, 124.5x64.8cm

179p, 베른하르트 포타스트, 「꽃 바구니The Flower Basket」, 캔버스에 유화, 50.8x40.6cm

183p, 앙리 마르탱, 「룩셈부르크의 연못을 따라 산책하는 커플Un couple marchant le long du bassin du Luxembourg」, 1932~1935, 캔버스에 유화, 91.5x71cm

188p, 호아킨 소로야, 「여자 어부와 그의 아들Fisherwomen with her son」, 1908, 캔버스에 유화, 90.5x128.5cm

193p, 찰스 코트니 쿠란, 「접시꽃과 햇빛Hollyhocks and Sunlight」, 1902, 캔버스에 유화, 51.4x30.8cm

196p, 호아킨 소로야, 「정원에서의 낮잠La siesta en el jardin」, 1904, 캔버스에 유화, 66x96.5cm

199p, 카를 구스타프 카루스, 「산꼭대기의 방랑자Wanderer on the Mountaintop」, 1818, 캔버스에 유화, 43.2x33.7cm

202p, 페르낭 코르몽, 「친구와 점심A Friend's Lunch」, 1885, 캔버스에 유화, 92.1x119.4cm

207p, 카를 구스타프 카루스, 「고딕 창문에서 몰두하며 책 읽는 이와 이탈리아 바다의 달밤Mondnacht am italienischen Meer mit einem versunkenen Leser am gotischen Fenster」, 1832, 표지용 판지 위 종이에 유화, 33x27cm

210p, 에밀 클라우스, 「오월의 꽃밭The flower garden in may」 1869, 캔버스에 유화, 116.8x90.4cm

## 꽃길이 따로 있나, 내 삶이 꽃인 것을

**초판 1쇄 발행** 2024년 3월 22일
**초판 5쇄 발행** 2024년 4월 29일

**지은이** 오평선
**펴낸이** 김선준

**편집이사** 서선행
**기획편집** 이주영 **편집1팀** 임나리 **디자인** 엄재선
**마케팅팀** 권두리, 이진규, 신동빈
**홍보팀** 조아란, 장태수, 이은정, 권희, 유준상, 박미정, 박지훈
**경영관리팀** 송현주, 권송이

**펴낸곳** (주)콘텐츠그룹 포레스트 **출판등록** 2021년 4월 16일 제2021-000079호
**주소** 서울시 영등포구 여의대로 108 파크원타워1 28층
**전화** 02) 332-5855 **팩스** 070) 4170-4865
**홈페이지** www.forestbooks.co.kr
**종이** (주)월드페이퍼 **출력·인쇄·후가공·제본** 한영문화사

ISBN 979-11-93506-39-4 (03810)

㈜콘텐츠그룹 포레스트는 독자 여러분의 책에 관한 아이디어와 원고 투고를 기다리고 있습니다. 책 출간을 원하시는 분은 이메일 writer@forestbooks.co.kr로 간단한 개요와 취지, 연락처 등을 보내주세요. '독자의 꿈이 이뤄지는 숲, 포레스트'에서 작가의 꿈을 이루세요.